Claudia Lidia Badea

Commentarium

1940-1944

de geometres

Gheorghe Vrănceanu

Impressum

Bibliografische Information der Deutschen Nationalbibliothek:
Die Deutsche Nationalbibliothek verzeichnet diese Publikation in der
Deutschen Nationalbibliografie; detaillierte bibliografische Daten sind im
Internet über http://dnb.dnb.de abrufbar.

Lektorat: Claudia Lidia Badea
Korrektorat:
weitere Mitwirkende:

Herstellung und Verlag: BoD – Books on Demand, Norderstedt

ISBN: 978-3-7504-3567-4

Cuprins

Prefață și prezentare

Era într-una din acele rare zile ploioase când dacă te uiți afară intri în depresie, când după ce ți-ai băut cafeaua te uiți neputincios în jurul tău în speranța că observi ceva ce să-ți trezească vreun interes și să-ți umple instantaneul gol din inimă și minte.

Cu o zi înainte îmi terminasem activitatea la Universitatea din Salzburg și eram prada unei anumite stări de melancolie la ideia că nu mă voi mai duce la Salzburg și că m-am desprins de acest fascinant oraș.

In toți acești ani – ce-i drept cam mulți la număr- mă deprinsesem cu o navetă săptămânală Viena-Salzburg-Viena, cu sculatul foarte devreme ca să prind primul tren spre Salzburg, cu aspectul călătorilor pe această rută și la această oră, cu cititul evenimentelor locale și internaționale din cele două ziare « Heute » și « Österreich » ce se împart pe gratis în toată Austria și cu rezolvarea de unul până la trei Sudokuri pe drumul de întoarcere la Viena.

Perioada cea mai frumoasă a fost atunci când in gara Salzburg mă întâlneam cu Prof. Frank, ne urcam împreună în vagonul restaurant al expresului ce venea de la Paris și în cele aproape trei ore până la Viena, îmi povestea cu multă fantezie întâmplări din viața și activitatea lui . Fusese doar student la ETH-Zürich și avusese ca profesori pe G. Polya și pe M. Plancherel, »Papa Plancherel » cum era, cu multă simpatie, numit de către studenți. Dar discuția noastră nu se referea numai la subiecte de genul acesta. Comentam evenimentele politice curente, eram în permanență nemulțumiți de hotărârile luate în special pe plan național, făceam pariuri pe presupuneri și odată s-a întâmplat că un călător de la o masă

alăturată ne-a cerut permisiunea să ne ofere un pahar de vin ca mulţumire pentru plăcerea ce a avut-o ascultându-ne.

Din păcate s-a întâmplat aşa că ne dădusem întâlnire în acea zi, ca de obicei, pe peronul de sosire al expresului dela Paris. De data asta m-am urcat singură în vagonul restaurant. In cursul dimineţii, aşteptând in staţia din St. Gilgen autobuzul de Salzburg, Prof. Frank a avut un atac cerebral şi a murit. Eu am pierdut un mare prieten, a fost un om deosebit.

Fapt interesant. O înmormântare nu a avut loc, el şi-a oferit trupul Facultăţii de Medicină din Viena. Biblioteca lui vastă a donat-o Universităţii, dar se pare că mai multe volume au dispărut în rafturile private ale profesorilor. Işi mai aminteşte cineva de Prof. Frank in afară de mine ? Nu cred.

Mi-am aruncat ochii către rafturile bibliotecii mele şi mi-am dat seama că ar fi cazul să pun o anumită ordine între cărţi, lucru pe care nu l-am mai făcut de ani de zile.

In raftul dinspre uşă aveam un teanc de cărţi aduse încă din mica mea bibliotecă din România şi care au rămas aşa precum le-am aşezat cu ani in urmă. Lângă o carte cu scoarţe negre uzate, Etymologicum Linguae Latinae de la 1775, am observat un caiet ce părea deasemenea foarte vechi şi tot cu scoarţe negre, tari, am să-l numesc caietul negru. De fapt era un fel de maculator.

Il trag afară şi constat că pe etichetă pe lângă nişte mâzgălituri, e scris « Geometrie ».

Ei bine, da, mi-am amintit, este vorba de acel caiet de lucru al profesorului Gheorghe Vrânceanu şi apoi Cornel Simionescu despre care îmi vorbise cândva Cornel. Lucrurile se derulaseră astfel.

Intre anii 1955-1959 Cornel Simionescu era şef de cabinet şi apoi asistent la Catedra de Geometrie Analitică şi Superioară a Facultăţii de Matematică şi Fizică a Universităţii din Bucureşti,

şef de catedră fiind Profesorul Gheorghe Vrănceanu. Intr-una din zile profesorul îi încredinţă spre păstrare acest caiet, spunând că şi l-a salvat cu greu, că nu-l poate ţine acasă deoarece soţia lui – prima lui soţie- i-a rupt câteva file şi a vrut să distrugă caietul.

Dealtfel el însuşi a consemnat acest incident în caiet. Frazele sale de pe ultima pagină scrisă în 10.sept.1944 sunt :

Situaţia mea neschimbată. Gânduri şi gânduri îmi torturează liniştea şi ziua şi noaptea.Unele note ale mele au fost descoperite de Iulia şi rupte din acest caiet. Nu vrea să respecte nici una din acele reguli care spun că oricum omul are dreptul la gânduri ce sunt numai ale lui.

In capitolul Documente am să ataşez o fotocopie a paginii respective.

După un timp Cornel l-a intrebat pe profesor ce să facă cu acest caiet. Profesorul l-a sfătuit să-l arunce deoarece ce a scris el acolo are în suflet şi cândva o să pună pe hârtie gândurile sale în altă formă. Eu cred că a şi făcut acest lucru deşi informaţii precise în acest sens nu am.

Cornel nu a aruncat caietul ci l-a folosit mai departe pentru calcule şi notele de curs personale, mâzgălituri şi note bibliografice.

In anul 1959 Cornel Simionescu s-a mutat de la Bucureşti la Braşov pe funcţia de conferenţiar şi apoi profesor la Catedra de Matematică a Institutului Politehnic din Braşov. A existat în continuare o strânsă colaborare ştiinţifică cu Profesorul Gheorghe Vrănceanu, care a fost şi conducătorul lui la doctorat. Dar mai mult decât atât. A existat o perioadă în care profesorul căuta apropierea de Cornel, avea nevoie de discuţiile cu el, era impresionat de raţionamentele penetrante ale lui Cornel, de inteligenţa lui strălucită.

Dar avea mai ales nevoie de apropierea umană. Rădăcinile amândurora erau în Moldova, Vrănceanu era născut în județul Vaslui iar Cornel în Bacău, amîndoi vorbeau dialectul moldovenesc al limbii române.

Uneori la sfârşit de săptămână sau cu ocazia sărbătorilor, venea cu întreaga familie la Braşov, în casa noastră de pe strada Neagoe Basarab.

Imi aduc aminte, veneau cu o maşină neagră, o Volga a Academiei Române condusă de şofer. Mai târziu profesorul îşi cumpărase un Mercedes, îşi trecuse examenul de şofer, era mândru de carnetul lui de conducere, avea însă anumite probleme la conducerea maşinii în « marche arrière « !

Când venea la noi, profesorul era fericit să fie lăsat în pace, să se retragă într-o cameră sau pe terasă sau în grădină şi să lucreze împreună cu Cornel, deltfel au şi publicat împreună. Parcă îl aud zicând : « Eu lucrez acuma împreună cu Cornel, pe noi să ne lăsaţi în pace ». Profesorul Gheorghe Vrănceanu s-a stins din viaţă în anul 1979.

Când Cornel s-a mutat la Braşov, caietul negru s-a pierdut in pachetele cu cărţi, reviste şi lucrări. Mă mir cum de nu a dispărut cu desăvârşire.

După decesul lui Cornel, biblioteca lui a ajuns la mine iar eu am plecat din România. Nimeni nu şi-a mai dat silinţa să ia fiecare carte în mână iar eu am fost în permanentă criză de timp.

Recent mi-a ajuns în mână articolul Academicianului Solomon Marcus intitulat « Din amintirile lui Gheorghe Vrănceanu «, publicat în revista România literară, nr. 11 din anul 2005.

Iată un fragment :

Caz rar printre matematicieni, Vrănceanu şi-a scris memoriile, pe care le-a dat spre publicare Editurii "Scrisul românesc" din

Craiova. Imi aduc aminte că unele fragmente le-a prezentat în emisiuni de televiziune. Nu pot uita evocarea copilăriei sale; era aceea a unui autentic povestitor, în tradiția moldovenească a lui Creangă și Sadoveanu. In mod surprinzător, deși, spre sfârșitul anilor '70, fuseseră anunțate ca o proximă apariție, aceste memorii nu au mai văzut lumina tiparului. Se pare că cineva care se dăduse membru al familiei retrăsese de la Editură manuscrisul și de atunci multă vreme nu s-a mai știut nimic despre el.

Mai departe, Solomon Marcus afirmă că :

« în anii '90, o descendentă a familiei Vrănceanu, din ultima sa căsătorie, furnizează un text care părea să fie un fragment al dispărutelor memorii. Mi-au fost date pentru control, din partea Editurii Academiei, și am corectat, parțial, o serie de inadvertențe, textul fiind printat într-un mod foarte neglijent ».

Mai departe el scrie că : „*de atunci au trecut mulți ani și nu s-a publicat nimic ».*

Interesul pentru memoriile lui Gheorghe Vrănceanu este mare, anii se scurg razant, iată că suntem în 2020 și în afară de câteva întâmplări copiate din aceste memorii de către Solomon Marcus și date publicării nu mai știu să fi fost publicat ceva.

De fapt anul trecut s-au împlinit 40 de ani de la dispariția lui Gheorghe Vrănceanu.

M-am gândit cu câțiva ani în urmă la însemnările din caietul negru, l-am căutat dar nu l-am găsit. Mi-am spus imediat că s-a pierdut și lucrurile au rămas la acest punct până în acest an și până la această întâmplare.

Caietul negru la care mă refer este de fapt un caiet de lucru, conține calcule, notițe pentru curs, notițe bibliografice, pregătiri pentru redactarea unor pagini de curs, ciornele de lucru, multe mâzgălituri și însemnări ale lui Cornel Simionescu, care în perioada crizei de hârtie la București a

folosit paginile goale pentru propriile notițe. Caietul negru este de fapt caietul de notițe al lui Cornel.

Intre toate aceste calcule şi gândiri matematice am descoperit însă şi o modestă parte intitulată « Note », pe care Vrănceanu bănuiesc că le-ar fi dorit scrise dacă nu zilnic, cel puțin săptămânal sau lunar, în final pauzele au fost şi de un an.

Nu este vorba de memorii şi nici de amintiri şi nu ne aflăm în fața vreunei lucrări de anvergură.

Profesorul Vrănceanu îşi aşterne pe hârtie grijile, gândurile, sentimentele, nemulțumirile, durerile mai degrabă decât bucuriile căci notele sunt scrise în anii de război. Cele mai multe evenimente sunt consemnate în anul 1942.

Intregul text al acestor Note este atât de personal, scris cu atâta simțire şi este atât de românesc.

M-am gândit că este de datoria mea să aduc la cunoştința colegilor mei matematicieni dar şi al unui public mult mai larg aceste câteva Note lunare/anuale , pierdute printre nenumărate calcule matematice într-un maculator vechi de peste 80 de ani ale marelui nostru geometru, Academicianul Gheorghe Vrănceanu, descoperitorul spațiilor neolonome.

Note personale Gheorghe Vrănceanu

1940

Gheorghe Vrănceanu începe să scrie în caiet în primăvara anului 1940 iar ultimele rânduri datează din anul 1944.

In 1940, Vrănceanu se găsea în Bucureşti, era un tînăr profesor universitar în vîrstă de 40 de ani şi funcţiona de aproape un an la Catedra de Geometrie Analitică şi Superioară a Universităţii din Bucureşti.

La 1 septembrie 1939 se declanşase cel de al doilea război mondial iar în urma pactului Ribentropp-Molotov din 23 august 1939 şi al ultimatumului prezentat României în iunie 1940, armatele sovietice au ocupat vechile teritorii ale Basarabiei, nordul Bucovinei şi ţinutul Herţei, o suprafaţă de 50.762 km2 cu aproximativ 4 milioane de locuitori, majoritatea etnici români. Evacuarea a cca. 200.000 de locuitori de toate etniile trebuia să se facă doar în câteva zile ceice a produs o revoltă în rândul populaţiei româneşti şi a dus la multe incidente şi violenţe.

Cum Vrănceanu funcţionase zece ani de zile la Universitatea din Cernăuţi în Bucovina, a fost afectat puternic de acest eveniment şi aceasta se reflectă în Notele sale. Un an de zile nu a mai fost în stare să continue să scrie aşa cum declară la

27 Mai 1941 :

***

N-am avut tăria de a continua notele începute de aproape un an. Şi câte s-au petrecut de atunci. Si totuşi rămâne

nestrămutată convingerea mea într-o dreptate a lui
Dumnezeu pe pământ.

***

România mai pierduse noi teritorii şi anume la 30 august
1940, prin Dictatul de la Viena putreile Axei au forţat România
să cedeze Ungariei jumătate din Transilvania . O săptămână
mai târziu, partea de sud a Dobrogei, a trecut Bulgariei. In
aceste condiţii vine la putere un guvern condus de generalul
Ion Antonescu şi au loc atrocităţile Mişcării Legionare.

Iată cum îşi începe Vrănceanu jurnalul. Voi păstra punctuaţia
originală. Acolo unde textul este aproape şters, am pus semnul
« xxx".

***

Incep aceste Note în momente foarte grele pentru ţara
noastră şi pentru mult încercata Europă. După un război
de 4 ani la care n'am luat parte fiind prea tînăr, un alt
război după 22 ani, mai pustiitor şi mai înfricoşător şi
dacă atunci existau anumite idealuri pentru care popoarele
se aruncau în luptă, astăzi ele sunt aproape de neînţeles.

Marea preponderenţă pe care unii conducători au obţinut-o
în ţările lor, le permit de a le trimite la luptă cum şi cît
vreau. Este drept că şi acum se vorbeşte de mari ideluri de
viaţă, dar ele sunt pline de tot felul de contraziceri.

Noi care timp de 22 de ani am făcut o politică în care
vecinul nostru de la răsărit a fost absent, ne-am trezit
într'o bună zi în faţa uneia din cele mai dureroase pagini,
aceia de a pierde două din provinciile bătrînei Moldove,
provincii româneşti şi presărate peste tot de puterea de
viaţă de altădată a Moldovei.

Acum, ca şi cum nimic nu s-a întîmplat, continuăm cu aceiaşi politică de lipsă de încercare a cunoaşterei unui vecin puternic şi ne preocupăm de Europa de mâine clădită pe fascism şi naţional socialism ! Suntem aşa de încântaţi de aceste noi forme de viaţă ca şi cum ar fi ale noastre.

Uităm că în momentele grele ce am trecut s-au pornit mulţi locuitori ai Basarabiei şi Bucovinei, ce timpul îi prinsese în restul ţării, să se întoarcă şi poate cu oarecare speranţe în aceste provincii. Nu există cred o mai categorică osândire a politicii ce am făcut pînă acum, decît acest fenomen.

Aceasta arată că printre clasele de jos, ţărani, muncitori, viaţa este foarte grea. O sărăcie care progresează mereu, din cauza unui fiscalism rău înţeles, care menţine un birocratism încărcat şi de cele mai multe ori inutil.

Dacă s'ar scoate numai împrumuturile, cererile de înscriere în partidul naţiunei, s'ar vedea cîte cheltuieli s'ar fi putut economisi, dacă înscrierea s'ar fi făcut pe simple liste.

In orice caz nu se vede o hotărîre a unei vieţi noi, alta decât aceia a unui lux rău înţeles în toate domeniile de activitate.

Aceste în ce priveşte chestiunile noastre. In politica externă nici un semn încurajator. Decît doar, că un mare imperiu îşi apără dreptul la viaţă, care drept coincide astăzi şi cu dreptul altora.

Dar forţele contrare sunt aşa de mari, încât o minune numai le-ar putea opri. Un fapt este astăzi preponderent, dreptul cîtorva care pretind a reprezenta societăţile în complexele lor formaţii, decînd nu mai de drepturile xxx ci

şi a ţărilor şi a xxx în virtutea unei teorii care face o clasificare a popoarelor în superioare şi inferioare.

***

1941

La 22 iunie 1941 armata română alături de armata germană începe campania împotriva forțelor sovietice și până la sfârșitul anului eliberează Basarabia . Armata Română participă în continuare la bătăliile din Crimeea, Caucaz, Cotul Donului și Stalingrad .

Vrânceanu urmărește cu mult interes desfășurarea războiului și în măsura în care timpul îi permite, așterne pe hîrtie gândurile sale. Apreciază forța de luptă a aliaților, se bucură de scufundarea cuirasatului german de război Bismarck și nu găsește explicații pentru fuga lui Rudolf Heß la scoțieni.

Astfel, la 27.V 1941 scrie următoarele rînduri.

***

Si astăzi când radio L. comunică că vasul purtător de nume al unui cancelar de fier, care acum câteva zile a scufundat unul din cele mai mari vase de război, este și el la fund, 6 luni numai după ce fusese scos din șantiere. Au o tărie unele popoare, care rămâne de nezdruncinat în fața celor mai mari greutăți. Eng. care pentru mult timp au fost considerați un popor ce se ocupau numai de interesele lor, astăzi li se prezintă acelor de a fi apaținut și altor popoare și o fac aceasta cu o eleganță de neegalat. Cât de grșite au fost părerile unor oameni care socoteau crearea imperiului lor ca o simplă întâmplare și noroc.

Si totuși vestea scufundării cancelarului de fier este adumbrită de pierderea a 6 vase de război în apele Med. pentru a apăra insula cu nume așa de util nouă matematicienilor. Veștile din Irak par relativ bune și șansele unei lovituri acolo par moarte asta când unii din miniștrii acestei țări își caută de sănătate prin Turcia.

Se pare că răscoala a fost începută mai devreme decât ar fi avut sorți mai mari și totuși omenirea trăiește acest cataclism pentru că așa cum spuneam în altă parte unele țări au permis să aibă conducători care să dispună de ele cum cred. Avem astfel un război fără sens, cum va fi crezut și Rud. Heß care a constituit o așa de mare surpriză pentru întreaga lume politică, ca într'o bună zi să aterizeze în Scoția.

Si totuși eu cred că e mult mai sănătos decât alții ce l'au crezut nebun. Si dacă n'ar fi atitudinea presei noastre de ploconeală țigănească parcă veștile ce ne vin mereu nu ar fi așa de greu de suportat !

Noroc de invenția lui Marconi !

***

Vrânceanu a fost impresionat de bătălia pentru insula Creta ocupată în luna mai 1941 de către Wehrmacht unde consideră că aliații ar fi trebuit să folosească o altă strategie. Amintește deasemenea discursul lui Roosvelt. Astfel, câteva zile mai târziu, la 31.V.1941, scrie următoarele rînduri :

***

Evenimente încurajatoare și descurajatoare. Situația în Creta este din ce în ce mai grea în schimb situația din Irak pare să ajungă la un sfîrșit.

Discursul lui Roosvelt a încurajat mult pe acei ce mai cred, cum spune el, în libertate și idealurile creștine. Hotărârea de a se institui starea de alarmă nelimitată arată că St.Un. sunt hotărâte a merge pe calea ce se bănuia de mult, aceia a intervenției armate. Pentru moment însă este vorba de înarmări și înarmări. Se vede ce valoare au.

In Creta situația ar fi fost alta dacă s'ar fi dispus de mai multă aviație. In orice caz această luptă a arătat cât de greu este să cucerești o insulă, dacă este apărată cu hotărâre.

Succesul de acolo pare să vină prea târziu dacă între timp lucrurile se liniștesc în Irak unde regentul Rașid Ali a fugit în Iran.

***

Intre timp, pe data de 12 august 1941, Vrănceanu a luat contact cu noul post de administrator la Casa Școalelor dar nu știe dacă a făcut bine să accepte să activeze în această nouă funcție, deoarece acest post îi va cere mult timp și asta în detrimentul activității sale științifice care oricum a fost mai redusă în ultima vreme.

La 24.VII 1941 scrie următoarele :

***

In ziua de a 12 a acestei luni am luat contact cu noul post de administrator la Casa Școalelor. M'am gândit mult și nu știu nici acum dacă am făcut bine primind acest post, care îmi va cere așa de mult timp. M'am gândit însă că activitatea mea științifică și așa era mai redusă ca altădată, din cauza evenimentelor și că o întrerupere de vreun an nu va însemna prea mult. Este apoi și faptul că oricât ar fi de înțelenită Casa Școalelor, tot voi putea, cu răbdare să fac ceva lucruri utile. Dar și acestea tot de evenimente depind în mare parte, doar spiritul de cinste ce s'ar putea întrona, care ar putea fi mai independent.

Toate acestea îmi iau mult timp și sunt bucuros că nu mă mai gândesc așa de mult la situația țării mele și sacrificiile ce le face pentru desrobirea rușilor de sub jugul comunist ;

pentru ca să aibă în față imaginea unui război mai lung decât vecinii noştri şi posibilitățile noastre ne permit.

Lunar apar acum mai clare unele fenomene din istorie. Cum după sforțări prea mari, țările slăbesc cu toată presupunerea contrarie. Pierderile noastre sunt aşa de mari şi acum când suntem la 15 km. de Odessa. Ce minunat popor şi ce grea soartă are.

Dar să mă întorc la funcția mea. Am vizitat azi unele din fundațiile Casei Şcoalelor din Bucureşti. Toate sunt în stare rea, afară de acele în care locuiesc câțiva funcționari ai Casei şi nu se ştie a Azil Elena Doamnă. Dar voi continua cu cercetarea acestei fundații, poate că voi găsi altele mai încurajatoare. Imi pare rău că mereu sunt încercat de guturai şi alte manifestări de răceală încât nu pot face atât cât aşi dori.

***

1942

Un pasaj mi se pare deosebit de interesant şi anume cel relativ la celebrul matematician Levi-Civita. In virtutea legilor rasiale din Italia anului 1938, guvernul fascist instaurat în Italia l-a eliberat pe Tullio Levi-Civita din funcţia de profesor la Universitatea din Roma şi i-a anulat apartenenţa la toate societăţile ştiinţifice. Distrus, bolnav, Levi-Civita se stinge din viaţă la 29 Dec. 1941 iar Vrănceanu primeşte vestea printr-o scrisoare a doamnei Libera Trevisani Levi-Civita. Profund îndurerat, Vrănceanu scrie la 5.II.1942 :

***

A murit Levi-Civita, aceasta este trista veste ce mi-a adus-o o scrisoare dela Dna Levi-Civita, ca răspuns la o scrisoare a mea din ajunul anului nou în care eu îmi exprimam speranţa că timpuri mai bune vor veni.

El a murit în ziua de 29 Dec. 1941, pe neaşteptate, rezultat însă a unei boli grele, în mare parte datorită desigur stării sufleteşti creată de atâtea măsuri care nu aduc decât o înăsprire a întregei umanităţi.

Un om ca el, care a însemnat şi va însemna atâta pentru dezvoltarea ştiinţifică a întregei lumi, se stinge scos dela catedră şi din diferite Academii, pentru că s'a născut din părinţi care aveau cutare sânge.

Intr'o lume în care asemenea lucruri se întâmplă sunt puţine speranţe că se va putea vindeca uşor de bolile de care suferă.

Dealtfel, dacă pentru unii a murit mat. L.C. pentru mine a murit, părintele meu sufletesc, căci nici unul din profesorii

pe care i-am avut, nu au influenţat mai mult asupra dezvoltării mele ca el.

***

In luna Mai a anului 1942 are loc la Academia Romînă comemorarea matematicienilor Tullio-Levi Civita şi Volterra. Iată cuvintele lui Vrănceanu conform consemnărilor din 7.V.1942 şi 10.V.1942

***

După câteva zile de lupte destul de grele, englezii au ocupat portul Suarez din Madagascar şi francezii mai rezistă în sudul insulei.

Pe de altă parte insula Corregidor din golful Manilei s'a predat japonezilor, după o lună de la căderea peninsulei Boton.

Academia de Ştiinţe vrea să comemoreze sâmbătă 9 Mai pe matematicienii Volterra şi Levi-Civita.

Mă gândesc dacă să spun şi eu câteva cuvinte. Cât este de trist să nu poţi face aşa cum crezi că îţi spune sufletul. Mi se pare penibil că cineva ar putea să discute asemenea chestiuni.

Numele lui Levi-Civita este aşa de mare încât ar fi o profanare, ca cineva în baza noilor principii rasiste, să creadă că poate să se amsetece.

In orice caz mi-a făcut o bună impresie că Bolletino Matematico a crezut că nu poate trece sub tăcere asemenea pierdere a ştiinţei italiene.

***

Peste trei zile scrie :

***

Ieri a avut loc în cadrul şedinţei secţiunii matematice din Academia de Ştiinţe comemorarea matematicienilor Tullio Levi-Civita şi Volterra.

Am vorbit eu despre iubitul meu maestru, C.Popovici despre amândoi şi în parte despre el şi apoi Moisil a spus câteva cuvinte despre Volterra.

Eu am încheiat spunând : scriind aceste puţine cuvinte, pentru a descrie una dintre cele mai frumoase opere matematice ce s'au scris vreodată, nu pot să nu asociez cu ele şi figura aceluia ce astăzi nu mai este, în care se îmbinau atât de armonios omul, profesorul şi savantul, şi care mi-a apărut mie elevul său ca una dintre cele mai minunate din câte mi-a fost dat să cunosc.

Seara am luat parte la masa pe care a dat-o amiciţia italo-română în cinstea lui Morelli, noul preşedinte al Institutului de Cultură italiană, pentru ca după aceia să însoţesc pe rectorul Hulubei la ceaiul dat la Facultatea de Stiinţe « Ceaiul Primăverii » în sala Astra.

O impresie destul de grea mi-a făcut acest tineret ce-şi consumă energia în o sală neaerisită, plină de fum şi supra încălzită.

Nu sunt deloc partizanul acestor petreceri la disperare. Cred că mulţi îşi dăunează sănătatea, mai ales slăbiţi cum sunt în general din cauza lipsei unei alimentaţii complecte. Plecând deacolo am trecut pe la ora 1.1/2 la Cercul Militar, unde un alt ceai studenţesc îşi trăia ultimele ore.

Şi acolo fum, feţe streşii obosite, domnea între tinerii aceştia care oricum ar putea parcă să li se ofere altceva.

Este aşa de curios cum înţeleg unii guvernanţi să-şi apropie tineretul.

***

Tot în luna Mai, Vrănceanu primeşte vizita matematicianului Geppert, împreună cu care şi cu Onicescu fac o excursie la Moeciu şi Sinaia. Cu această ocazie află de starea de spirit proastă şi de criza alimentară din Germania. Profesorul universitar Geppert se temea că nu va putea să mai ofere hrană suficientă copilului său.

Mai aflăm că, cu ocazia unui meci de football o întâlneşte pe Maria Antonescu, soţia mareşalului Antonescu. La data de 10.V.1942 – bănuiesc însă că trebuie să fie o dată mai tîrzie, - consemnează următoarele :

***

Astăzi băiatul meu are puţină febră dimineaţa şi eu a trebuit să ies pentru a da câteva dispoziţii în ce priveşte masa ce va avea loc în seara asta pentru 300 studenţi în sala Arta, oferită de Ministerul Propagandei şi care termină săptămâna universitară.

Am văzut astfel o parte din trupele ce se întorceau de la paradă. Toţi pârliţi şi cu figuri care parcă îmi sunt străine.

Mai mult slabi şi mă gândeam la cuvintele spuse de şeful promoţiei de sublocotenenţi din anul acesta. Şeful promoţiei Dumitrescu de anul trecut a murit în campania din Rusia, străjuise deci la hotare, cu circa un sfert din camarazii lui. Cum se poate avea astfel o indicaţie asupra marilor noastre pierderi.

Ce situţie grea şi ce război ce nu se mai termină , şi mă gândesc la ceiace spunea matematicianul Geppert ce a fost o săptămâna ultima din Aprilie la Bucureşti că el are această presimţire chiar siguranţă că nu va vedea sfârşitul acestui război.

Discuţiile cu el în excursia făcută cu Onicescu în ziua de 2 Mai la Moeciu şi Sinaia au fost aşa de interesante şi de semnificative în ce priveşte starea de spirit din Germania precum şi situaţia alimentară.

Să ajungă un profesor universitar să aibă teamă de a nu-şi putea oferi hrană unicului său copil. Băiatul meu a trimis o cutie cu bomboane de fructe, fiului său Robert. Poate odată se vor întâlni în timpuri mai bune, când teoriile spaţiilor vitale vor fi lăsate în părăsire.

Am luat parte azi după masă la sporturile de pe A.N.E.F. de atletism şi football între Academia Comercială şi Facultatea de Drept.

Era ministrul Petrovici şi câţiva decani şi profesori.

Când părăseam eu terenul a venit Dna Maria Antonescu în o toaletă albă de porumbel al păcii, într'un timp când pacea este aşa de îndepărtată.

***

In iunie 1942, Vrănceanu este preşedinte de bacalaureat în Buzău şi relatează cum a fost prins de un bombardament în gara Buzău. Iată ce notează la 25.VI.1942,

***

Este aşa de mult timp de când nu am mai notat nimic aici şi totuşi atât de multe lucruri ar fi putut fi menţionate.

Sunt sub impresia căderei Tobrukului şi a retragerei spre centrul Egiptului a forţelor engleze din Libia.

La bacalaoreat la Buzău unde am fost ca preşedinte între 4-12 iunie nu am mai citit şi nici ascultat radio, încât parcă mă îndepărtasem puţin de această atmosferă de război.

Si totuşi sunt atâtea lucruri care amintesc, dacă n-ar fi decât aşa de multe restricţiuni şi apoi bombardamentul din ziua de 12 Junie a căii ferate la rampa gărei Buzău spre Bucureşti.

Era dimineaţa pe la 5:15 când în drum spre gară am văzut un avion la mare înălţime, care după părerea oamenilor de serviciu de la Liceul Hajdeu ce-mi duceau geamantanul, nu erau de ale noastre.

După câteva minute a sunat alarma. Din această cauză am căutat să ne oprim cu asistentul meu Petrescu la liceu, până va trece alarma. După câteva momente de aşteptare, în care am văzut cum trandafirii oferiţi în ajun de candidaţii trecuţi la bacalaoreat începeau să se ofilească, am plecat spre gară. La vreo două sute de metri de gară, un avion care zbura la înălţimea de circa 800 m a trecut prin faţa gării de la Nord la Sud pentru ca apoi să apuce spre vest şi apoi spre Nord, cu direcţia spre noi. In timp ce urmăream zborul său în care lăsa în urmă o dungă de fum albă, ceea ce a făcut pe Petrescu să spună că este atins şi că se va prăbuşi, un zgomot înăbuşit şi apoi un răpăit de mitralieră ne-a scos din nesiguranţă că este sau nu al nostru.

Deabea după ce a trecut deasupra noastră în drum spre Nord a fost luat în primire de tunurile antiaeriene şi se vedea cum se sparg obuzele în urma lui. Il quadrimotore

însă s-a ridicat din ce în ce mai sus şi a dispărut.
Mergând la locul bombardat am văzut golurile a 6 bombe,
din care patru pe linii, întrerupând circulaţia pentru vreo
cinci ore. Am văzut şi vreo 4 răniţi duşi pe tărgi, cei mai
mulţi de la noile lucrări pe care căzuse două din bombe.

M'am întors la liceul de fete unde fusesem găzduit şi am
aşteptat până după masă trenul auto motor spre a veni la
Buc. M'am gândit astfel la toată această întâmplare şi la
toată viaţa noastră .

***

In luna iulie 1942, Vrănceanu primeşte vestea pierderii tatălui
său, pleacă la Păuşeşti la înmormântare iar însemnările din
2.VIII.1942 şi 6.VIII.1942 cuprind vorbe de profundă durere,
amintiri, întoarceri în timp şi uneori remuşcări că n-a putut să
facă mai mult pentru tatăl lui. Se gândeşte şi îşi analizează
situaţia actuală şi se declară foarte nemulţumit de mariajul
său. La 2 august scrie următoarele :

***

Ultimele două săptămâni au fost pline de evenimente
pentru mine, cel mai important fiind pierderea tatălui meu
în dimineaţa zilei de 24 Julie 1942.

Primisem înainte o telegramă că este slăbit şi doreşte să
mă vadă. N'am crezut însă că trebuie să merg aşa de
repede şi am crezut că pot merge odată cu băiatul şi Julia
la ţară.

Plecasem vineri seara spre Sinaia, pentru a pleca sâmbătă
după masă de acolo cu Gheorghe, dar sâmbătă dimineaţa
primisem o comunicare telefonică dela Bucureşti cum că
tata a încetat din viaţă.

Am plecat imediat cu trenul de 8 :14 minute , am schimbat la Ploieşti vest şi apoi la Ploieşti sud cu trenul de Galaţi la 11 şi apoi cu trenul de Cernăuţi la 6 ajungând în Roman la ora 12 noaptea, legătura urmând să o am cu Băceşti la orele 4.

In acest timp am încercat să găsesc o cameră la un hotel dar un hotel era închis şi altul ocupat, încât m-am mulţumit să dormitez cu capul pe masă în restaurantul gării.

La ora 5:15 am sosit la Băceşti unde am găsit în gară o căruţă ce m'a dus până la Racova şi de acolo am mers pe jos până acasă. Trecând pe xxx trohanului pe la moşia lui Ivăcescu şi pe la via xx xx am retrăit amintirile pe care eu le păstrez despre tata.

Mi-aduc aminte să fi avut 7 ani, eram cu Gheorghe Cercel, ţiganul, om de încredere a tatei, pierdut şi el astăzi şi eram într'o vreme de toamnă.

Tata a venit să ne aducă de mâncare, călare pe un cal sur şi parcă văd silueta lui tânără urcând dealul în trap grăbit.

Era preocupat un anumit proces îi dădea mult de gândit.

Ii sta bine călare, el care făcuse armata ca artilerist la Reg. 24 ? Roman şi ieşise cu gradul de sergent.

Altă amintire tot în legătură cu via din xxx pe care tata apoi a vândut-o ca loc arabil după distrugerea ei de către filoxeră. Era toamnă târzie, norii deşi şi grei treceau mânaţi de vânt, atât de jos încât atingeau parcă colţurile dealurilor. Se terminase culesul viei şi transportau acum la vale toţi cele ce fuseseră necesare culesului precum şi ultimul vas de vin. Din cauza noroiului am ales culmea dealului până aproape de sat. Am trecut acum pe locuri de

atâtea ori familiare, pe care nu le mai văzusem de mult, scoborând pe la gârla Lupoaiei și m-am oglindit și acum în fântâna pe care mă uitam atunci când copil, păzeam oile pe aceste locuri. Păduricea ce era atunci dealungul gârlei, astăzi a dispărut și dealurile sunt parcă mai goale, mai sărace.

O fată pășește oile , o întreb a cui este, îmi spune că este a lui Gheorghe a lui Vasile Ciocan , dela uluc, fost coleg cu mine de școală, care acum are 9 copii, sau cum spune fata un cârd, din care vreo 6 fete.

In sat ce s'a mai întins puțin spre nord, o impresie de tristețe te cuprinde. Gospodării odată frumoase, cu garduri înalte, ce nu-ți dădeau voe să vezi înăuntru, astăzi stau stinghere, desgolite, o sărăcie care nu ști cum s'o explici. Doar în gospodăria lui Irimie Răducanu, copiii lui au păstrat prestigiul bătrânului ce a făcut războiul din 77 și care încă făcea unele treburi prin ogradă.

Trec mai la vale, casa lui moș Toader și iată și pe Vasile vărul meu ce-mi dă informații când a murit tata, casa lui moș Ion și apoi a noastră, astăzi locuită de o soră a mea.

Impresia de tristețe se continuă și mai la vale, unde atâtea gospodării nu mai sunt decât urme.

Am ajuns acasă și îl găsesc pe tata străjuit de lumânări, cu câteva femei plângând alături și cu dascălul cetindu-i stâlpii.

El care atât stătea de âncovoiat sub povara unei boli ce-l țintui-se în loc de ani de zile, boala lui Parkinson, acum era întins, drept și parcă mai lung decât eram eu obișnuit să-l consider. I'am sărutat icoana de pe piept și lacrimile au

început să exprime durerea unui fiu care a trebuit să-şi părăsească tatăl ani de zile chinuit de boală, fără ca să-i poată veni în ajutor. L'am iubit mult pe tata, pentru firea lui dreaptă, pentru marea lui energie, pentru grija pe care mi-a purtat. Am fost copilul care a corespuns ambiţiilor lui despre viaţă. Deasemenea a făcut ce i-a stat prin putinţă să mă ajute să merg cât de departe.

Primii ani când am fost în gimnaziu au fost grei pentru el. Era atât de sărac, cum spunea el câte odată, încât îi lipseau cinci bani pentru o cutie de chibrituri. XX câte o chirie la Bacău, pentru a veni apoi la Vaslui şi a-mi plăti gazda.

Mă gândeam la toate acestea şi la ceiace este viaţa omului.

Iată eu astăzi am 42 de ani şi nu se ştie cât va mai trece până să-l urmez şi eu.

Mă gândesc că la vârsta de 20 de ani aşi fi putut muri eu înainte, asta nu este normal, eu după el şi fiul meu după mine, aste este normal.

Mama impresionată şi ea de sfârşitul tatălui meu, îmi aduce la cunoştinţă unele din dorinţele lui. Să fie înmormântat, nu în cimitirul propriu zis, unde sunt prea dese mormintele şi un nou mormânt înseamnă uneori scoaterea altora, ci în faţa bisericii. Am vorbit cu preotul şi a admis, ţinând seama şi de faptul că tata a fost mulţi ani epitrop al bisericii şi a contribuit odată cu fapta şi vorba la repararea ei. Biserica însă este grav distrusă de cutremur şi nu ştiu dacă se va mai putea repara. Mi-am luat sarcina şi ca urmare a dorinţei tatei să mă ocup de această problemă şi sper că cu ajutorul lui Dumnezeu voi reuşi.

Inmormântarea a avut loc Marţi dimineaţa, deoarece Luni nu se îngroapă morţii, zic oameni, deoarece mor şi ceilalţi din familie în scurt timp.

Ion, concentrat n-a venit la înmormântare. La groapă după dorinţa lui tata a fost dus cu carul cu boii lui. Ce boi frumoşi şi cuminţi. Nu ştiau că-şi duc stăpânul la groapă. Deltfel le-ar fi fost şi greu. Tata de mult nu mai era decât un stăpân teoretic, deoarece nu putea să iasă în ogradă decât susţinut de alţii cât au necăjit fraţii mei cu el, Ion şi Costică mama şi alţii.

De acum nu ne va mai cere nimic. S'a dus acolo unde nu este durere. Din pământ ai ieşit în pământ intri a spus preotul la mormântul său. A fost urmat la groapă de mulţi oameni din sat, de prieteni ca M Ceocan şi de neamuri, de fetele nănaşei, pentru care el a fost ca un tată, după moartea lui Jolante Vrănceanu şi după moartea naşei, sora tatei. Vremea era frumoasă şi începuse să ardă soarele. Tata avea ochii vineţi şi semnele transformării în pământ se vedeau. Doar mâinile erau subţiri şi degetele lungi.

Mă gândeam că lui îi seamăn probabil la mâinile ce deseori au atras atenţia cucoanelor.

Ne-am întors acasă şi am luat parte la praznicul care s'a dat în cinstirea şi odihna sufletului său. Au fost întinse de două ori mesele şi au luat masa cred vreo sută de oameni, dintre care mari gospodari. Un semn că este multă nevoie la sate, că oamenii duc dorul unor mâncări mai bune într'o regiune care odată era destul de îmbelşugată, astăzi cumpără păpuşoi de pe la Fălcui şi de mai departe.

***

In continuare, iată însemnarea de peste câteva zile, la 6 august,

***

Moartea tatei pune în faţa-mi întregul rost al vieţii mele. Îi voi urma şi eu desigur mai devreme sau mai târziu şi cine ştie dacă am ştiut să-mi fac complect datoria.

Poate şi din cauza împrejurărilor, din cauza celei ce mi-a fost hotărât să-mi fie tovarăşă.

De câte ori n'am căutat să vin mai mult în ajutorul lui şi din această cauză mereu discuţii că dau alor mei, mai mult decât trebuie, urmate de aprecieri care de atâtea ori m'au durut.

Si dacă nu ar fi fost chestiunea unui copil ce avea nevoie de sprijinul a doi, poate că lucrurile ar fi luat o altă întorsătură. Era aşa de debil şi a avut atât de deseori nevoie de îngrijiri, că era natural ca tatăl meu şi ceilalţi să fie lăsaţi mai la oparte.

Am avut dreptate să gândesc aşa, cine ştie.

Totuşi deseori mi-am dat seama de faptul că nu sunt un fiu bun, cât ar fi trebuit pentru ceia ce tata a făcut pentru mine. Mă întreb astăzi dacă el a observat şi dacă m-a iertat.

***

A fost un an plin de evenimente care l-au angajat pe Vrânceanu în special personal. Totuşi este preocupat în continuare de soarta războiului, de cele întâmplate la Stalingrad, în Caucaz sau Madagascar. Se simte obosit, îmbătrânit şi cumva fără vlagă. La data de 13 septembrie 1942 consemnează următoarele :

***

Incă o zi de secetă. Am aşteptat în zadar o telegramă de la Steliana care a sosit ieri la Vaslui, dacă pe la Păuşeşti a plouat. O secetă care ține acolo de aproape două luni.

Probabil că totul se usucă înainte de timp. Ne aşteaptă deci o iarnă grea. Am fi avut mai mare nevoie decât oricând de un an bun. O vară plină de multe întâmplări şi desigur că va constitui o răscruce pentru multe şi pentru mine.

Acum după ce am stat numai cinci zile la Sinaia şi cinci la Carmen Sylva aşi vrea să mai plec undeva, dar este aşa de greu să mă hotărăsc şi să obțin apoi autorizația este greu şi din punctul de vedere economic. Viața s'a scumpit de vreo cinci ori de anul trecut şi lefile sunt mai mult sau mai puțin aceleaşi.

Suntem mereu încolțiți cu veşti şi cu fapte de arme, care nu ştiu ce rezolvă.Lupte grele pe frontul Stalingradului continuă de câteva săptămâni. Astăzi ni se spune că este un adevărat asediu. In schimb mai multe succese în Caucaz.

Dar între timp din cealltă parte se simte că potențialul lor de război creşte mereu. Atacurile neântrerupte asupra Germaniei de vest, ținerea în loc a japonezilor, ocuparea a câtorva insule din arhipelagul Solomon, ocuparea Madagascarului sunt asemenea semne.

Continuăm insă să ne încăpățânăm să credem în lucruri care nu sunt axiome ci ar trebui să fie discutate.

Sunt obosit şi schimbat mult. Visurile mele nu mai au parcă frumusețea de altădată, îmbătrânesc şi moartea

tatei mă face să mă gândesc că nu va trece mult poate şi eu voi urma pec alea care ne-a fost hărăzită chiar de la naştere.

Ce e mai rău că alte ori atragem după noi şi pe alţii pe căi pe care poate nu le-ar fi urmat dacă erau singuri.

Imi lipseşte voinţa însă de face gesturi, care să însemne o rupere cu un trecut şi continuăm să ducem aceiaşi viaţă aşteptând mereu timpuri mai bune, pentru noi şi pentru alţii.

***

Vrănceanu simţea de multă vreme nevoia de a călători din nou în străinătate aşa ca în vremurile tinereţei sale, nevoia de a relua legăturile profesionale, nevoia de deschidere care nu l-a părăsit niciodată de altfel. In tot timpul perioadei de război, deplasările erau bineînţeles limitate. Totuşi reuşeşte să plece la Roma şi iată ce ne relatează la 6 noiembrie 1942 despre această deplasare. Constată că viaţa în Ungaria e mai ieftină decât în România, iar pâinea se dă numai pe cartelă.

***

Sunt în gara de Sud a Budapestei, în drum spre Roma spre a lua parte la Congresul Internaţional al Matematicienilor ce va avea loc la Roma de la 8 la 12 Noem.

Plec ca delegat al Univ. din Buc. şi puţin a lipsit ca să nu mai plec, din cauza faptului că ar fi trebuit în primul moment să merg prin Viena, unde să rămân o noapte, fără să am siguranţa că voi găsi o cameră la hotel.

Acum călătoresc cu un vagon de dormit ce duce delegaţia economică a Guvernului român la Roma.

Sunt cam răcit de câteva zile şi tuşesc, o veche meteahnă a mea de a răci în partea stăngă. Deaceia am evitat să merg prin Budapesta de teama să nu răcesc mai rău.

Am fost însă vreo oră în care timp am luat masa la un restaurant aproape de gara principală. Am mâncat o supă de peşte şi un sfert de pui fript cu sos şi garnitură de cartofi. Pentru pâine mi s'a cerut cartelă, şi dacă n'ar fi fost un cetăţean ungur să-mi ofere un bon, ar fi trebuit să mă resemnez să mănânc fără pâine. Am vrut să mai cer şi nişte macaroane cu brânză şi mi s'a cerut şi aici bon de cartelă deci n'am putut să le obţin.

Viaţa pare în general mai ieftină decât în ţara noastră şi mai ales am văzut în vitrine pantofi de diferite categorii la preţuri convenabile.

***

1943

In anii 1942 şi 1943 armata română a suferit mari pierderi la cotul Donului, stepa Calmucă, Caucaz, capul de pod Kuban, Crimea. Deasmenea România devenise o ţintă a bombardamentelor trupelor aliate care au atacat în special câmpurile petrolifere şi rafinăriile. Vrănceanu vede cu îngrijorare avansarea războiului către graniţele României dar din când în când se detaşează de realitate şi visează. La 24 februarie el notează

***

Am făcut o mare întrerupere în aceste Note. Am aşa de multe ocupaţii, încât simt că nu pot să-mi continui acea activitate ştiinţifică care constituie însăşi noţiunea de a fi a mea.

Evenimentele politice din cauza războiului sunt acelea ce preocupă aşa de mult pe oameni.

Este aşa de adevărat ce-a spus Clemenceau că războiul este un lucru prea serios pentru a fi lăsat pe seama militarilor.

In adevăr timpul s-a însărcinat să arate că oamenii politici au avut dreptate când au cerut ca ţara noastră trebuie să nu se amestece în conflict până la urmă, cu riscul unor pierderi teritoriale oricât de grave. Cât de uşor totuşi s'a hotărât altfel pentru ca astăzi să auzim lucruri ce ne înfioară, de atâtea sute de mii de morţi pe câmpiile întregei Rusii şi de lipsa în care ne găsim a unei armate înainte gata de a apăra hotarele vechi.

Şi acum, după aceste divagări, când Franţa se aude că va ieşi din război, când unii dintre noi cred că dacă am porni

cu toţii cu căţel cu purcel am putea ocupa Rusia, mă gândesc la obsesia mea care mi-a revenit după vreo trei luni, tot aşa de persistentă.

Parcă mă văd privind-o în faţă, oglindindu-se în luciul apei unui lac, într'un apus de soare de toamnă. Este tot aşa, poate mai puţin insistentă, dar aceiaşi ca atunci când un avion rusesc sau american poate, a lansat bombe la 400 metri de mine, după ce mirosisem trandafirii ce mi-i dăduseră candidaţii la bacalaureat la Buzău, şi-i lăsasem să se ofilească în cancelaria liceului de acolo plecând spre alte oraşe.

***

Spre sfârşitul anului 1943 situaţia în ţară este din ce în ce mai tulburată, lumea se teme de venirea ruşilor, se crede că ei vor ocupa toată Europa, Asia şi poate şi mai mult. Vrânceanu acuză lipsa de profesionalitate în politică şi guvernare şi la data de 20 septembrie consemnează următoarele :

***

E atâta vreme de când n'am mai notat nimic în acest caet şi câte schimbări s'au petrecut. Ar fi trebuit poate să le notez aici, dar ce importanţă mai pot avea, când însăşi viaţa noastră va conta în curând aşa de puţin.

Acum încă totul este liniştit aici, aşa cum este atmosfera înaintea furtunei.

Cercul se strânge din ce în ce. In răsărit nemţii se retrag mereu cred că pe o linie ce va avea la sud Nistrul. Aceleaşi mişcări de retragere în Italia şi au şi părăsit Sardinia fără lupte şi probabil aceiaşi soartă va avea-o şi Corsica.

In ce priveşte pe noi, n'am fost niciodată la o răscruce mai mare ca acum. Şi este cu atât mai greu cu cât o opinie politică conştientă aproape nu există.

Toţi se tem de ruşi şi după ce în atâtea rânduri i-am subevaluat acum îi supra evaluează , adică nu poate nimeni să-i mai oprească a ocupa toată Europa şi Asia şi poate alte continente !

Nu se vede că singurele puteri care ne-ar putea constitui o garanţie faţă de eventualele pretenţii exgerate ale lor, sunt tot aceia ce ne-au mai garantat odată, atunci când mulţi şi-au prmis să ironizeze acele garanţii.

Mă doare când văd ce politică miopă s'a făcut şi cum nici azi nu vedem clar, condiţie esenţială pentru a putea hotărâ ceiace trebuie să faci.

S'a ajuns la noi că orice om din stradă să creadă că el poate să aibă păreri în politica externă , fără să se gândească că ar fi mai bine dacă ar putea să fie cu încredere în alţi oameni sau grupuri care ar putea face politică pe bază de cunoaştere a realităţii.

Când tinerii au crezut că ei deţin toate secretele şi că bătrânii sau grupurile dinainte pot să fie distruşi sau puşi la zid.

***

1944

Ianuarie 1944 îl găseşte pe Vrănceanu într-o stare de spirit foarte rea, vede deja pe ruşi la frontiera ţării , este îngrozit şi comentează întreaga situaţie legată de Basarabia, Bucovina şi Ardeal, de războiul contra ruşilor şi alianţa cu Germania şi Italia. Vede sărăcia din sate, condamnă huzurul din oraşe şi condamnă pogromurile contra evrilor şi asasinerea intelectualilor.

Este atât de speriat de venirea ruşilor încât se gândeşte să strângă ceva bani pentru a se refugia în străinătate, în vestul Europei.

Iată ce notează la 11 ianuarie 1944.

***

E aşa de mult de când nu am mai notat nimic.

Starea de spirit în care mă găsesc este aşa de scoborâtă încât nu găsesc tăria de a-mi mai consemna aici gândurile.

Cercul de care vorbeam altădată se strânge din ce în ce mai mult. Prevederile mele din nefericire se arată că vor să se împlinească.

Ruşii se găsesc la vreo sută de chilometri de graniţele ţării şi de nicăieri nu se vede vreun semn de uşurare. Aici se continuă aceiaşi viaţă ca şi cum totul s'ar desfăşura normal.

Azi se desfăşoară cu toată amploarea, funeraliile naţionale a lui I.Simionescu, desigur unul din oamenii noştri de seamă, dar asta parcă nu înseamnă încă mare lucru pentru un popor, care n'a reuşit să evite enormele greşeli pe care le-a făcut de câţiva ani încoace.

Toţi aceşti oameni n'au ştiut să-şi spună gândul în momentele, în care ţara ar fi putut să fie scăpată poate de mari nenorociri. Din contra ei au acceptat şi apoi lăudat chiar un război, care pentru noi era unul din cele mai nepotrivite xx de a xx realizarea menţinerii noastre ca stat independent în această parte a acestei Europe care nu ştie de câtăva vreme să facă decât războaie.

Şi totuşi ar fi fost desigur să fi fost conduşi de principii de etică şi morală, ca să înţelegem că locul nostru nu era alături de acei ce ne-au luat Ardealul.

Desigur nu-i iubeam pe Ruşi că ne-au luat Basarabia şi Bucovina, dar parcă atitudinea lor era mai de înţeles decât aceia a Nemţilor, care ne-au cerut Ardealul pentru alţii.

In orice caz, nu ni se cerea să ne aliem cu Ruşii, după cum n'ar fi trebuit să ne aliem cu Nemţii şi cu sora noastră Italia, al cărei exponent politic de atunci contele Ciano, este condamnat la moarte de socrul lui, ducele Musolini, şeful statului italian socialist şi republican.

Ar fi deajuns aceste fapte ca să ne arate că locul nostru nu era în asemenea tabără.

Dar ce să mai spunem de o ţară care credea odată în luminile transcendentale ale fostului meu coleg Corneliu, tot aşa după cum odată se pasiona cu străşnicie de minunile celui ce a vorbit cu Dzeu., bâlbâitul Petrache Lupu.

Şi acum credem, după cele ce am făcut, persecuţia, uciderea, batjocorirea evreilor, omorurile unor oameni politici sau de mare importanţă culturală ca Iorga, care va rămâne o pată pe începuturile actualului şef, credem zic că

Dzeu va avea grijă de noi, că putem continua aceiaşi viaţă de lux şi bună stare la Bucureşti şi de mizerie şi sărăcie în provincie, în satele noastre , ce simt din ce în ce că nu au pentru ce trăi, încât orice ar veni nu-i mai înspăimântă, din xxx cu xx cum zice o vorbă moldovenească .

Dar trebuie să închei şi să mă gândesc de a găsi oarecare mijloace băneşti, care să-mi permită, dacă va mai fi posibil, o retragere în unul din statele dinspre vest.

***

In aceste luni ale anului 1944 situaţia din România este din ce în ce mai gravă, economia este în pragul colapsului.

La data de 22 aprilie 1944, 66 de intelectuali români i-au trimis un memoriu lui Ion Antonescu prin care cereau ieşirea României din războiul împotriva Naţiunilor Unite. Conform cercetărilor Acad. Solomon Marcus, Gheorghe Vrănceanu nu numai că a semnat memoriul, dar de fapt el ar fi fost iniţiatorul memoriului universitarilor către mareşalul Antonescu. Confirmarea acestei ipoteze o găsim în aceste Note. Iată ce găsim consemnat la data de 10 septembrie 1944 :

***

Este aproape un an de când am întrerupt aceste note. Multe s'au schimbat şi multe din presimţirile mele s'au realizat.

Nemţii odată stăpâni de parcă nimeni nu i-ar fi putut clinti de pe aceste locuri, trec azi în grupuri de prizonieri.

Lovitura de Stat de la 23 Aug. la care aş putea spune că am contribuit a schimbat situaţia politicei noastre. Astăzi ruşii se văd trecând pe străzile Bucureştilor, aducând cu ei o anumită teamă, de ceia ce ar putea să se întâmple.

Bucureştiul se repopulează cu acei plecaţi de frica bombardamentelor în timp ce aprovizionarea acestui oraş devine din ce în ce mai grea.

Tăranii se tem să nu li se ia caii şi căruţele de către ruşi iar în ce priveşte maşinile particulare ele au încetat a mai circula din temeri analoage.

In ce mă priveşte parcă sunt obosit, situaţie ce mă munceşte de mult. Incerc în ciuda evenimentelor extrene şi a celor ce mă privesc direct să lucrez, când parcă nimeni nu se gândeşte la aceasta.

Am terminat în vara aceasta cursul meu de Geometrie Vol.I şi mă ocup cu tipărirea Buletinului Matematic distrus de bombardament la Mon. Oficial. Se tipăreşte acum la Göbl.

Situaţia mea neschimbată.

Gânduri şi gânduri îmi torturează liniştea şi ziua şi noaptea. Unele Note ale mele au fost descoperite de Iulia şi rupte din acest caiet.

Nu vrea să respecte nici una din acele reguli care spun că oricum omul are dreptul la gâduri ce sunt numai ale lui.

Băiatul este acum mare. Are o viaţă a lui proprie. Citeşte puţin şi se ocupă de alte chestiuni decât strict intelectuale. A crescut mare, aproape este cât mine însă este slab. Are numai 51 kgr la vârsta de 15 ani şi jumătate.

Mă duc acum la xx unde este vorba de hotărâri politice.

***

Aceste rânduri sunt şi ultimele pe care le-am mai găsit, restul filelor acestui maculator probabil că au fost rupte.

Gheorghe Vrănceanu

Câteva date biografice*)

Se naşte la 30 iunie 1900 în comuna Lipova, judeţul Bacău.

Urmează cursurile primare în satul natal iar liceul în Vaslui. Este câştigătorul unei burse « Adamachi » şi începe în 1919 studiul matematicii în cadrul Facultăţii de Stiinţe a Universităţii A.I.Cuza din Iaşi. Imediat după licenţă începe un doctorat la Universita di Roma La Sapienza având drept conducător ştiinţific pe celebrul matematician Tullio-Levi-Civita. Pe data de 5 noembrie 1924 îşi susţine teza de doctorat cu titlul *Sopra una teorema di Weierstrass e le sue applicazioni alla stabilita* . Intors în ţară funcţioneaza din 1926 în calitate de lector la Universitatea din Iaşi pentru ca apoi să beneficieze de o bursă de studii Rockefeller . Astfel, el petrece anii 1927-1929 în Franţa şi SUA pentru ca apoi între 1929-1939 să funcţioneze ca profesor agregat şi apoi titular la Universitatea din Cernăuţi. Din 1939 până la pensionare în anul 1970 este Seful Catedrei de Geometrie şi Topologie din cadrul Universităţii Bucureşti, urmând la catedră pe Gheorghe Tiţeica.

Din 1955 a devenit membru al Academiei Române , din 1964 preşedintele secţiei de matematică al acestei Academii iar în perioada 1975-1978 este vice preşedintele Uniunii Internaţionale a Matematicienilor.

A publicat peste 300 lucrări ştiinţifice, memorii, cărţi într-un larg domeniu al geometriei moderne, este descoperitorul spaţiilor neolonome.

Decedează la 27 Aprilie 1979.

*)

După Wikipedia

Documente

1) Prima pagină din Note

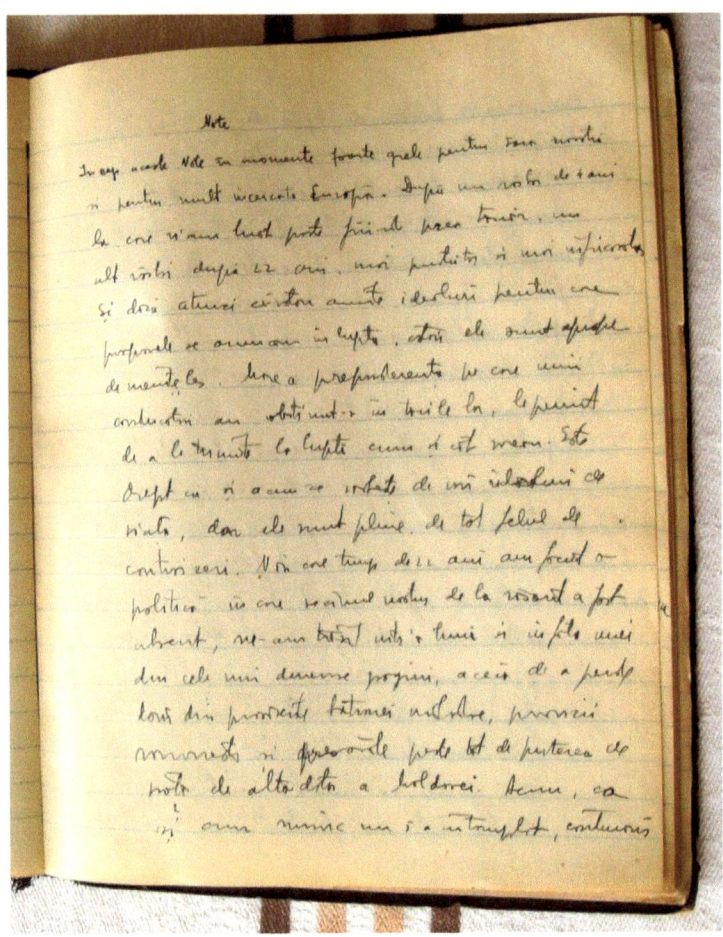

2) Pagina cu referirea la soția sa, este totodata ultima pagină din aceste Note.

Este aşa de adevărat ce-a spus Clemenceau că războiul este un lucru prea serios pentru a fi lăsat pe seama militarilor.

Gh. Vrănceanu, 1944